NAPOLÉONIENNES

POÉSIES

SUIVIES DE

PARISINA

POÈME

par Jules CAUCHIE.

NOYON.

CHEZ D. ANDRIEUX, LIBRAIRE-ÉDITEUR.

—

1860

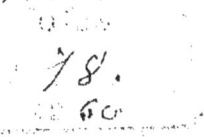

NAPOLÉONIENNES.

POÉSIES.

NOYON.

Imprimerie D. Andrieux.

NAPOLÉONIENNES,

POÉSIES,

SUIVIES DE

PARISINA,

POÈME,

par

JULES CAUCHIE.

—•••—

NOYON.

Chez D. Andrieux, Libraire-Éditeur.

1860

Première Napoléonienne.

***

HAM.

HAM.

Sur les bords de la Somme aux flots lents et verdâtres,
N'apercevez-vous pas cet orgueilleux donjon,
Étalant au soleil ses vieux remparts grisâtres
Qu'a, mille fois déjà, labourés le canon ;
Noir repaire, élevé par des mains féodales,
Dont le lugubre aspect serre et glace le cœur ;
Où de pauvres captifs, étendus sur les dalles,
        Mouraient, brisés par la douleur ?

Dans ces affreux cachots, plus d'un malheureux père,

Attaché par sa chaîne aux énormes piliers,
Sans qu'une voix d'ami vienne lui dire : « Espère, »
A terminé ses jours, entouré de geôliers.
Plus d'un noble seigneur, trahi par la victoire,
Sans que sa voix plaintive éveillât un remord,
Pria, demanda grâce et succomba sans gloire
Dans ces murs qui suintent la mort !..

C'est de là que jadis le neveu du grand homme,
A travers les barreaux de sa morne prison,
Le front dans les deux mains, regardait fuir la Somme,
Et rêvait, l'œil fixé sur le vaste horizon.
C'est là que, bien souvent, la joyeuse hirondelle
Chantait, pour le distraire, un chant doux et plaintif,
Et, libre comme l'air, venait battre de l'aile
A la fenêtre du captif.

C'est là que du malheur il fit l'apprentissage ;
Qu'il séjourna cinq ans, portant sa lourde croix ;
Qu'opposant à ses maux un sublime courage,

De Dieu qui l'appelait, il écouta la voix ;
Là que ses ennemis, au fond d'une tour sombre,
Lui firent expier le crime (ô déraison !)
De réclamer ses droits, de sortir de son ombre,
    De s'appeler Napoléon.

Enfin , Dieu mit un terme à sa longue misère :
« Ouvrez-vous, a-t-il dit à ces portes d'airain,
« J'ai voulu le marquer au front du chrême austère,
« Pour qu'il aimât le peuple et fût grand souverain.
« Il a bu le calice, hier, jusqu'à la lie,
« Vers le trône, demain, je guiderai ses pas ;
« Il prêtera l'oreille au malheur qui supplie,
    « Et ne le repoussera pas. »

A la voix du Seigneur, les portes s'ébranlèrent ;
Son souffle tout-puissant fit trembler le château ;
Les orgueilleuses tours sur leurs bases tremblèrent :
Louis, comme le Christ, sortit de son tombeau.
L'Eternel, au milieu de mille cris de rage,

A travers les méchants lui frayant un chemin,
Lui fit voir en partant le terme du voyage
Et l'y conduisit par la main.

Que vous êtes, mon Dieu, puissant et redoutable !
Je m'incline à vos pieds dans un respect profond.
De vos vastes desseins, abîme impénétrable,
Jamais un œil humain ne pourra voir le fond.
Au captif d'autrefois vous donnez la couronne ;
Pour apaiser la haine, il ne vous faut qu'un mot ;
Vous faites passer l'homme, en le menant au trône,
Par les souffrances d'un cachot.

Deuxième Napoléonienne.

L'EMPIRE.

L'EMPIRE.

L'Empire, c'est la Paix !..

I.

« Le Seigneur t'a maudit, mon doux pays de France,
« Il tient ton front courbé sous le joug du malheur.
« Hélas ! ton noble corps, miné par la souffrance,
« S'affaiblit, et bientôt va mourir de langueur.

    « Partout, c'est la guerre civile !...
    « Le tocsin mugit dans les tours

« Et, sur le pavé de la ville,

« Les canons roulent tous les jours ;

« On ne voit que figures sombres,

« Que vastes amas de décombres

« Couverts d'une éternelle nuit ;

« On n'entend que clameurs funèbres !..

« France, c'est l'esprit des ténèbres

« Qui vers l'abîme le conduit.

« Il veut ressusciter ces effroyables fêtes

« Où la sombre Terreur, monstre altéré de sang,

« Chaque jour, par milliers, faisant tomber les têtes,

« Autour des échafauds dansait en rugissant.

« Noble France, frêle navire,

« Perdu dans l'ombre, sur les mers,

« Vois ta voile qui se déchire,

« Tes flancs battus des flots amers ;

« D'une flamboyante couronne

« La tempête au loin t'environne

« Et te ballotte sur les flots ;

« Et, sous les efforts de la brise,

« Ton grand mât, qui craque et se brise,

« Tombe, écrasant tes matelots.

« Hélas ! ne reste pas sur l'onde davantage.

« Redoute des autans le souffle impétueux,

« Quitte la pleine mer, cingle vers un rivage

« Où tu puisses braver les flots tumultueux.

« Vois , la nuit devient plus profonde,

« Le vent plus fort, gare à l'écueil !...

« Demain, peut-être que cette onde ,

« Pauvre nef, sera ton cercueil.

« Les éclairs seuls percent la brume,

« Et le flot blanchissant d'écume

« Monte en grondant jusqu'à ton bord.

« Hélas !... dans l'ombre qui t'isole,

» Sans un pilote, sans boussole,

« Comment trouveras-tu le Nord ?....

« Crois-moi, gagne le port, barque frêle et chérie,

« Peut-être que demain il ne serait plus temps,

« Et que de l'Océan les vagues en furie

« Se couvriraient au loin de tes débris flottants !

Ainsi, voyant notre souffrance,

Notre abandon et nos douleurs,

L'ange protecteur de la France

Parle, les yeux baignés de pleurs.

Du sein d'une nue enflammée,

A cette terre bien-aimée

Il adresse un suprême adieu.

Puis, à travers l'espace immense,

Déployant son aile, il s'élance

Jusqu'au pied du trône de Dieu.

II.

France, de tes malheurs à grands pas vient le terme,
Réjouis-toi ! Celui qui va changer ton sort,
Dieu l'a nommé !.... Bientôt, il va, d'une main ferme,
Saisir le gouvernail et te conduire au port.

Au noble héros qui s'avance,
Peuple, souris et bats des mains,
Puisque jamais de la vaillance
Il n'a déserté les chemins.
Sois fier ! il est digne du trône,
Il saura porter la couronne,
Aussi bien qu'il porte son nom ;
Il saura (car Dieu l'accompagne)
Joindre au globe de Charlemagne
Le glaive de Napoléon.

III.

Dieu le veut !... la France unanime
L'appelle au trône de ses rois,

Et de l'urne, son nom sublime
Jaillit six millions de fois !...
Il est nommé.... L'Aigle hautaine,
Qu'on croyait morte à Sainte-Hélène,
Va reprendre son vaste essor ;
Les cœurs s'ouvrent à l'espérance ;
Tout sourit, car tout à la France
Promet un nouvel âge d'or.

IV.

Je t'en conjure, Etre suprême,
Longtemps encor conserve-nous
Celui que toute la France aime ;
Oui, je t'en conjure à genoux.
Loin de son oreille sans cesse
Chasse la voix enchanteresse
Des perfides adulateurs,
Et sur ceux qui voudraient lui nuire
Fais retomber leur noir délire,
Leurs vains complots et leurs fureurs.

Troisième Napoléonienne.

————•◊◊◊•————

NAISSANCE ET BAPTÊME

DU

PRINCE IMPÉRIAL.

Naissance et Baptême du Prince Impérial.

Causa nostræ lætitiæ.

I,

Savez-vous bien pourquoi, dans l'ombre,
Paris se couronne de feux ;
Pourquoi ce bruit de voix sans nombre,
Qui monte jusque dans les cieux ?
Savez-vous pourquoi cette foule
En tous sens se croise, se roule,
Le rire au front , la joie au cœur ;
Et pourquoi, radieuse et fière,
Elle s'avance tout entière
Jusqu'au palais de l'Empereur ?

C'est parce que, dans notre France,
Un doux ange vient de venir,
Donnant à chacun l'espérance
D'un long et brillant avenir.
France, ne crains plus la tempête,
Courage, relève la tête,
L'horizon s'éclaircit là-bas.
De tes beaux jours tu vas encore
Voir se lever la grande aurore.
Dieu ne t'abandonnera pas.

Il est né ! l'enfant que la France
Appelait de ses vœux ardents.
Salut ! doux sujet d'espérance,
Que j'attendais depuis longtemps.
Il pousse un premier cri de vie....
Le bronze à la cité ravie
Dans l'espace, au loin le traduit...
Le sombre avenir se dévoile ;

Une mystérieuse étoile
Jusqu'à ce berceau nous conduit.

Oh! que tous ces cris d'allégresse,
Ce bruit du canon, ces accords
Et cette universelle ivresse
A Louis dûrent plaire alors.
Le front joyeux et l'âme fière,
Cent fois, dans son orgueil de père
Il se pencha sur ce berceau,
Se disant ces mots en lui-même :
« Plus tard, à lui mon diadème,
« A lui mon sceptre et mon manteau. »

Déjà cette tête innocente
Du ciel désarme le courroux :
L'Anarchie hideuse et sanglante
Pour toujours s'enfuit loin de nous ;
La Révolte aux clameurs funèbres,
Dans les infernales ténèbres

Retombe en hurlant de fureur,
Car, sur ce monstre plein de haine,
Ce frêle enfant, qui naît à peine,
Pose déjà son pied vainqueur.

II.

Entendez-vous ?.. la cloche sainte
Dans la tour chante avec gaieté ;
Notre-Dame dans son enceinte
Appelle toute la cité.
Quel est cet enfant, faible encore,
Que tout un peuple qui l'adore
Suit en poussant des cris d'amour ?
C'est la cause de notre joie,
Le sauveur que Dieu nous envoie
Et qu'il va bénir en ce jour.

Déjà l'onde sainte s'épanche
Et touche ce front innocent,

Et, dans cette âme pure et blanche,
L'Esprit-Saint aussitôt descend.
On dit qu'alors des chants étranges,
Des chœurs de vierges et d'archanges
Retentirent dans le saint lieu,
Et qu'avec un divin sourire,
Marie à cet enfant vint dire :
« Je te salue, enfant de Dieu. »

On dit aussi que, sous le dôme,
A ce bruit, tressaillant d'orgueil,
Napoléon, comme un fantôme,
Sortit d'un bond de son cercueil ;
Que, sur un grand cheval de flamme,
Il vola jusqu'à Notre-Dame,
Pour y voir l'enfant-empereur ;
Et que son haleine féconde
Transmit à cette tête blonde
Son vaste génie et son cœur.

Plus tard (chacun de nous l'espère),
Il saura, pour bien gouverner,
Suivre l'exemple de son père :
Aimer, soulager, pardonner.
Il saura que le ciel l'envoie ;
Qu'un peuple suit toujours la voie
Que lui trace le souverain;
Qu'un roi de son sort est le maître,
Et n'a, pour choisir le bien-être,
Besoin que d'étendre la main.

Plus tard, si l'Europe liguée,
Fondant sur nous de toutes parts,
Veut, pensant l'aigle fatiguée,
Saper nos antiques remparts,
Il saura prouver que l'épée,
Pendant vingt ans de sang trempée,
N'est pas trop lourde pour sa main,
Et, comme une étoile de gloire,

Son panache, de la victoire
Nous indiquera le chemin.

Seigneur, abritez sous votre aile
Ce lys pur, ce faible roseau,
Protégez cette enfance frêle,
Veillez sur ce sacré berceau.
Et, puisque de la vie humaine
La coupe, hélas ! est toujours pleine
De biens et de maux, lait et fiel,
Ecoutez mon humble prière :
Retirez-en l'absinthe amère
Et ne lui laissez que le miel.

Quatrième Napoléonienne.

ALMA.

ALMA.

Ils étaient là.... campés sur d'effrayantes cimes,
Sur des rochers à pic pendant sur les abîmes,
Entre eux et nous, l'Alma, torrent impétueux,
Roulait, en mugissant, ses flots tumultueux,
Et, comme le vautour prêt à saisir sa proie,
L'orgueilleux Menschikoff, l'œil rayonnant de joie,
De loin, par ses clameurs défiait nos soldats ;
« Je les tiens, disait-il, ils n'échapperout pas.
« Je vais offrir au czar une belle hécatombe ;
« Les vagues de l'Alma leur serviront de tombe,
« Et les corbeaux impurs, en poussant de grands cris,
« Viendront ronger demain leurs cadavres meurtris! »

  Il le disait, et son armée
  Fut balayée en un moment,
  Comme une légère fumée
  Qu'emporte le souffle du vent.

Zouaves, en avant ! voyez-les, intrépides,
Se précipiter tous dans les ondes rapides.
Les cris provocateurs que poussait l'ennemi
Viennent de réveiller le lion endormi.
En avant !.. en avant ! ils gravissent les roches,
Et Menschikoff pâlit en les voyant si proches.
Entendez-vous les cris de ces fiers bataillons ?...
Les boulets dans les rangs tracent d'affreux sillons.
Mais ils marchent toujours, pleins d'une noble audace,
Et, quand un soldat tombe, un autre le remplace.
Le démon des combats fait entendre sa voix :
Trois cents gueules d'airain mugissent à la fois ;
Les morts et les blessés partout tombent en foule.
La colonne d'attaque en ordre se déroule
Comme un torrent fougueux, comme le flot des mers :
On n'entend que l'airain, le cliquetis des fers.
Elle marche, rapide et d'ardeur enflammée,
Et, d'un nuage épais de poudre et de fumée,
Sort sans cesse le cri de « Vive l'Empereur ! »

L'ennemi cependant résiste avec fureur.
Mais quels sont ces guerriers qui passent la rivière
Et viennent attaquer l'ennemi par-derrière ?
Quel est ce jeune chef dont le coursier, d'un bond,
S'élance avec orgueil dans le torrent profond?
C'est un Napoléon. Ce mot seul veut tout dire ;
Le soldat à la fois et l'adore et l'admire.
Il commande : on le suit. Sur les Russes alors
Tous se jettent : partout on voit tomber les morts ;
Les bombes, les obus de tous côtés éclatent;
Chevaux et cavaliers dans la fange s'abattent ;
Les drapeaux ne sont plus que des lambeaux brûlés.
L'ennemi plie : alors, sur ses flancs ébranlés,
Raglan le fait charger par sa cavalerie.
L'airain se tait ; au bruit de la mousqueterie
Succède un bruit de fers et de pas de coursiers,
Et les soldats du czar, fantassins, cavaliers,
Enfin enveloppés dans la même déroute,
D'armes et d'étendards jonchent au loin la route.
   Regarde, Menschikoff, ne vois-tu point, là-bas,
S'agiter des drapeaux et courir des soldats

Qui viennent achever cette belle victoire ?
Pour mourir au combat, vaincu, mais avec gloire,
Tu devrais rallier tes bataillons épars ;
Tu préfères la fuite à la mort, eh bien ! pars,
Tremblant, épouvanté, va, fuis dans l'ombre, oublie
Que six mille des tiens ont su perdre la vie.

   Pour la dernière fois, sur ce terrain sanglant
Abaissons nos regards, et, qu'en le contemplant,
Chacun sente des pleurs perler à sa paupière.
Hélas ! la main sanglante et forte de la Guerre
Froidement, sans pitié, dans ce glorieux jour,
Brisa de beaux destins, de doux liens d'amour !
Car toujours le regret suit de près la victoire
Et c'est au prix du sang qu'on achète la gloire.
Ici, dans le trépas, sommeillent confondus
Des êtres bien-aimés sur le sol étendus ;
Là, repose l'amant qui, de sa fiancée,
En allant au combat, emportait la pensée ;
Le père qui, tombant dans ces climats lointains,
Laisse une épouse veuve et des fils orphelins.

Jour de gloire et de pleurs, à la fois doux et triste !
Ah ! que de noms inscrits sur ta sanglante liste
Ont là leur dernier titre à notre souvenir !....
Dans l'horrible mêlée, ici, tu vis mourir
Ces valeureux soldats dont la terre d'Afrique
Avait vu les hauts faits, le courage héroïque ;
Sur la redoute en feu, là, tu vis Poitevin
Courir, le sabre aux dents, l'étendard à la main ;
Tu le vis (ô spectacle impossible à décrire)
Dans les bras de la mort essayer de sourire
Et presser, en mourant, son aigle sur son cœur,
Content de succomber, puisqu'on était vainqueur.
  Nobles morts, pardonnez à ma voix faible encore.
Qui peut vous nommer tous ? quelle harpe sonore
Peut chanter dignement vos étonnants exploits ?
Depuis le noble chef qui triompha cent fois,
Jusqu'au soldat obscur, au jeune conscrit même
Qui de gloire, en ce jour, a reçu le baptême ;
Qui s'éveilla joyeux, aux premiers feux du jour,

Entendant près de lui résonner le tambour,

Et quitta du bivouac le lit humide et sombre,

Pour aller occuper, lorsque descendit l'ombre,

Une couche, où jamais le lever du soleil

Ne viendra le tirer de son profond sommeil.

Nos fils sur votre tombe iront verser des larmes...,

Vous dormirez en paix, et tous vos frères d'armes

Déposeront sur vous des lauriers, et, rêveurs,

Diront: «Honneur à vous, héros, tombés vainqueurs.»

Cinquième Napoléonienne.

INKERMANN.

INKERMANN.

Combien sont-ils ? mais qu'importe le nombre?...
Avec le jour nous compterons les morts!..

———•••———

I.

La Nuit de la Bataille (Vision).

Un crépuscule noir dormait sur la campagne ;
Nul rayon n'éclairait le front de la montagne,
Et du jour qui venait les oiseaux d'alentour,
Par un cri faible encore, annonçaient le retour.
De cette sombre nuit augmentant les ténèbres,
Les nuages couraient comme des chars funèbres ;

La grêle pétillait ; le vent au loin grondait,
Et la foudre à ces voix par sa voix répondait.
D'effroyables éclairs, sillonnant l'étendue,
D'un livide linceul enveloppaient la nue,
Trahissant les bivouacs, où le soldat lassé,
Trempé par l'eau du ciel, s'étendait tout glacé,
Et, plein d'impatience, attendait la lumière
D'une aurore pour lui peut-être la dernière.
    L'ouragan tout-à-coup redoubla de fureur.
Et la terre trembla, muette de terreur.
C'est par un pareil temps, et c'est à pareille heure
Que les démons hideux sortent de leur demeure,
Que des magiciens les charmes sont puissants,
Et que les visions viennent tromper nos sens.

    Près d'un mont où flottait l'étendard d'Angleterre,
Allan s'était couché, sans fermer la paupière :
Allan, noble vieillard, encore vigoureux,
Qui, méprisant la mort, ensanglanté, poudreux,
Dans les forêts d'acier qu'agite la bataille

S'élançait, l'arme au poing, riant à la mitraille,
Noble ami de son chef, que la veille, en pleurant,
Sur un monceau de morts, il vit tomber mourant.

Aux limites du camp veillaient les sentinelles ;
On entendait au loin des voix continuelles,
Les cris de la patrouille et le pas des coursiers.
Couverts d'amples manteaux, les sombres cavaliers,
Pour les faire avancer dans des routes obscures,
Frappaient de l'éperon les flancs de leurs montures.
Mais, de tous ces soldats, aucun ne put savoir
Ce qu'Allan effrayé put seul entendre et voir :

Sur cette plaine immense où bientôt la mêlée
Allait coucher les morts sur la terre ébranlée,
Des fantômes, légers comme le feu brillant
Qui d'un marais impur s'élève en sautillant,
Montent, troupe effrayante, et tournent avec rage,
Par des mots inconnus, prédisant le carnage.—
Ainsi, quand des Normands retentissaient les cris,
Des fantômes hideux dansaient dans le ciel gris.—
Alors, joignant leurs mains froides et décharnées,

Ils forment dans les airs des rondes effrénées,
Et l'éclair, à travers ces spectres vaporeux,
Semble jeter plus vifs ses rayons sulfureux.
Allan les aperçoit, au-dessus de sa tête,
Il entend que leurs voix, à travers la tempête,
Célèbrent la bataille et nomment les guerriers
Qui doivent sous l'airain succomber par milliers :

« Pendant que l'éclair luit et que la foudre gronde,
« Noirs fantômes, dansons la danse de la mort ;
» Appelons les soldats à la fosse profonde,
« Où, le combat fini, sans linceul on s'endort.

  « Quoique la tempête
  « Contraigne leur tête
  « A s'incliner bas,
  » Les épis fragiles
  « Sous nos pieds agiles
  » Ne se courbent pas ;

« Mais où, ronde sombre,

« On a pu, dans l'ombre,

« Nous apercevoir,

« Il reste un mélange

« De poudre et de fange,

« Pleines d'un sang noir !...

« Pendant que l'éclair luit et que la foudre gronde,

« Noirs fantômes, dansons la danse de la mort ;

« Appelons les soldats à la fosse profonde

« Où, le combat fini, sans linceul on s'endort.

« Dansons dans l'espace,

« Car à notre place,

« Demain nous verrons

« Les casques, les haches,

« Les rouges panaches

« Des lourds escadrons.

« Soldats, prenez garde !...

« La mort vous regarde

« Et le fer vainqueur,
« Malgré la cuirasse,
« Trouvera la place
« Où bat votre cœur.

« Pendant que l'éclair luit et que la foudre gronde,
« Noirs fantômes, dansons la danse de la mort ;
« Appelons les soldats à la fosse profonde
« Où , le combat fini, sans linceul on s'endort.

« Chefs pleins de vaillance,
« Dont le glaive lance
« Un terrible éclair,
« Dans vos rêves sombres,
« Vous voyez nos ombres
« Tournoyer dans l'air ;
« Mais, la nuit venue,
« Quand votre âme nue
« Vers Dieu s'enfuira,

« Chantant de longs psaumes,

« Le cœur des fantômes

» Vous escortera.

« Pendant que l'éclair luit et que la foudre gronde,

« Noirs fantômes, dansons la danse de la mort,

« Appelons les soldats à la fosse profonde

« Où, le combat fini, sans linceul on s'endort.

    « Et toi, noir nuage,

    » Épanche l'orage,

    « Car le jour naissant

    « Couvrira ces plaines

    « De foudres humaines

    « Et de flots de sang ;

    « Le bruit de la fonte

    « Viendra faire honte

    « Au ciel irrité :

    « Le plus grand orage,

    « N'étant que l'image

    « De l'humanité !

« Pendant que l'éclair luit et que la foudre gronde,

« Noirs fantômes, dansons la danse de la mort ;

« Appelons les soldats à la fosse profonde

« Où, le combat fini, sans linceul, on s'endort. »

Aussitôt que la nuit eût fait place à l'aurore,

Le vénérable Allan, pâle et tremblaut encore,

Aux soldats attentifs et muets de terreur

Narra sa vision dans toute son horreur.

Mais, avant que ce jour eût fini sa carrière,

Les ombres de la mort couvrirent sa paupière ;

Tout son corps se glaça : pour jamais il fut sourd

Au fracas du canon qui grondait alentour.

Il ne repose pas dans sa terre natale,

Et les soldats tremblants, quand paraît l'aube pâle,

Près de leurs feux éteints, la veille des combats,

De la danse des morts s'entretiennent tout bas.

II.

La Bataille.

Au loin sur les rochers flottait un brouillard sombre ;
Le camp des alliés restait calme dans l'ombre,
Et les Russes, sans bruit, comme fait un serpent,
Vers les Anglais trompés s'avançaient en rampant.
Enfin le soleil perce : on voit briller leurs armes.
La sentinelle au loin jette le cri d'alarmes,
Et les fils d'Albion, quoique six fois moins forts,
De leurs retranchements défendent les abords.
Le tambour bat la charge et le clairon résonne ;
Le bronze avec fracas comme la foudre tonne ;
Du sein des bataillons jaillissent mille éclairs ;
Les balles en sifflant s'élancent dans les airs ;
La poussière s'élève et le salpêtre fume ;
Comme un vaste volcan, la montagne s'allume,
Et, laissant derrière elle un sillon lumineux,
Chaque bombe décrit sa courbe dans les cieux,
Tombe, étincelle, éclate, et recouvre la terre

De morts et de blessés, de sang et de poussière.
Se voyant découverts, sur le retranchement
Les bataillons du czar marchent résolument ;
Ils l'attaquent trois fois, avec des cris de rage :
Les Anglais, calmes, froids, tiennent tête à l'orage.
C'est en vain que le fer perce leurs bataillons ;
C'est en vain qu'à leurs pieds tombent leurs com-
[pagnons].
Rien ne peut amollir leur courage indomptable.
Bravant de l'ennemi le choc épouvantable,
Au fer croisé contre eux ils opposent le fer.
Tel, un rocher, debout, au milieu de la mer,
Lorsque le vent mugit, lorsque gronde l'orage,
Des vagues à ses pieds voit expirer la rage,
Tels, ces braves soldats, par le nombre accablés,
Reçoivent mille chocs sans en être ébranlés.
Regardez !... le combat s'engage, homme contre
[homme].
On se heurte, on s'étouffe, on s'égorge, on s'assomme ;
Partout le bruit du fer et les cris des mourants.

Mais, hélas ! des Anglais s'éclaircissent les rangs...

Nobles guerriers! en vain vous vous couvrez de gloire,

Le nombre à la valeur va ravir la victoire !...

Si vous ne vous rendez, vous allez tous périr.

L'Anglais ne sait se rendre, il ne sait que mourir.

Le combat continue, effroyable et sans trêve.....

Alors, on voit au loin la poudre qui s'élève ;

On entend des clairons... Les Français !... les

[Français !...]

Le Russe a peur, l'espoir rentre au cœur de l'Anglais,

Son hurrah retentit plus fort que la bataille.

Sous un feu meurtrier, à travers la mitraille;

Aux accords belliqueux du tambour, du clairon,

Tombant sur l'ennemi, comme un fier tourbillon,

La baïonnette au poing, les zouaves chargèrent,

Et, soudain, devant eux les morts s'amoncelèrent.

Excité par ses chefs, et cinq fois plus nombreux,

L'ennemi, sans faiblir, soutint ce choc affreux.

Ils chargèrent encor, sublimes de furie,

Et la bataille alors devint une tuerie.

Nos braves alliés, en foule rassemblés,
Attaquèrent en flanc les Russes ébranlés.
On glissait dans le sang, on courait pêle-mêle ;
Les balles, les boulets pleuvaient comme la grêle.
L'officier qui gardait l'aigle d'un régiment
Tombe dans la mêlée, atteint mortellement ;
De ses bras défaillants les ennemis l'arrachent,
L'emportent avec joie et dans les rangs le cachent.
Mais un chef l'a vu prendre, il charge avec ardeur
En criant : « Au drapeau !.. » La mort le frappe au
[cœur !.....]
En le voyant tomber, un autre sur sa trace
S'élance, et de son sang baigne la même place.
De ce feu meurtrier les soldats étonnés,
Le désespoir au cœur, s'arrêtent consternés.
Mais un troisième chef leur dit d'une voix forte :
« Cette aigle, voulez-vous que l'ennemi l'emporte ? »
« Non, lui répondent-ils, nous aimons mieux mourir ! »
Ils s'élancent alors, pour la reconquérir.
Autour de ces héros en vain le canon tonne ;

En vain de l'ennemi le feu roulant résonne ;

En vain ils sont blessés au milieu du chemin ;

Faisant pour sauver l'aigle un effort surhumain,

Ils avancent toujours, et, prompts comme la foudre,

Fondent sur l'ennemi qui plie ou mord la poudre.

L'étendard est repris !... il flotte dans les airs....

L'airain ne jette plus que de rares éclairs ;

Les Russes, s'éloignant de ce champ de bataille,

Vont se réfugier derrière leur muraille,

Et, dans Sébastopol, rempli d'affliction,

Verser des pleurs de rage et de confusion.

. . . .

Déjà l'astre des nuits épanche sa lumière

Sur douze mille morts étendus sur la terre !.....

Celui-ci, vieux soldat, né sous les étendards,

Sanglant, le crâne ouvert, les yeux fixes, hagards,

Entre ses doigts crispés serrant une cartouche,

Semble vouloir encore la porter à sa bouche ;

Celui-là, dont le corps d'un sabre est traversé,

Semble chercher des yeux celui qui l'a percé ;

Cet autre qui jadis était bouillant d'audace
Expire en murmurant quelques mots de menace.

Succédant aux fracas, un silence éternel
Enveloppe ces morts d'un linceul solennel.

Dans ce vaste charnier, des femmes tout en larmes,
Au milieu des débris, des boulets et des armes,
Vers des monceaux de corps s'avançant à pas lents,
Regardent un par un, ces visages sanglants.....

L'une trouve un époux ; l'autre aperçoit un frère ;
Cette autre, son enfant couché sur la poussière.

De sa béante plaie elle étanche le sang,
Lève les yeux au ciel, et meurt en l'embrassant !....

La lune dans le ciel monte, triste et sanglante.

Et de quelques mourants la voix faible et tremblante
Se mêle seule au cri des immondes corbeaux,
Qui s'acharnent déjà sur de hideux lambeaux !.....

Sixième Napoléonienne.

———————

SÉBASTOPOL.

SÉBASTOPOL.

Campos ubi Troja fuit.

———————

I.

Sur les bords escarpés où, livrée aux orages,
La mer Noire bondit et bat les pics sauvages
Qu'elle couvre, en grondant, d'algue et de flots
[amers],
Une ville, aujourd'hui vaste amas de ruines,
Sébastopol, assise au sommet des collines,
Se mirait dans l'onde des mers.

Ses dix forts renfermaient une nombreuse armée ;
Les artilleurs, debout et la mêche allumée,
Regardant l'horizon, veillaient incessamment ;
Dans son immense port se berçaient mille voiles,
Blanches dans les flots bleus, scintillantes étoiles
    De ce liquide firmament.

A cette heure, pourtant, cette ville est déserte :
Ses défenseurs ont fui ; tout servit à sa perte,
La mine, les boulets, l'incendie et les flots.
Les forts se sont brisés sous le choc de la bombe.
Rien ne fut épargné !... l'Océan fut la tombe
    Des vaisseaux et des matelots !...

II.

Sur les champs d'alentour épandant sa lumière,
Déjà l'astre du jour commence sa carrière.
Anglais, Russes, Français, tous sont prêts à lutter ;

Mais, tout se tait au loin, le bronze des batailles
Est encore muet sur ces hautes murailles,
Enceintes de la mort qu'elles vont enfanter.

III.

Le signal est donné : le carnage commence.....
Mille éclairs ont brillé sur une ligne immense ;
Le canon sur les forts tonne avec majesté ;
La ville, en un clin d'œil, paraît toute enflammée,
Et, sous un voile épais de poudre et de fumée,
L'astre éclatant du jour s'enfuit épouvanté.

Soldats ! voyez, sur cette cîme,
Ces canons, et ce vaste fort
Qui semble pendre sur l'abîme
Et dont le flanc vomit la mort.
C'est là que vous attend la gloire.
En avant ! forcez la victoire
De suivre les drapeaux français.

8.

Combattez avec assurance ;
Allez, quand on meurt pour la France,
La mort doit avoir des attraits.

Ils marchent, leur valeur ne connaît plus d'entraves.
Déjà sur Malakoff s'élancent les zouaves,
Fiers soldats qu'a brunis le soleil africain.
Ils triomphent toujours : Bosquet est à leur tête ;
Bosquet, bravant comme eux les coups de la tem-
[pête],
Les anime d'un mot, leur montre le chemin.

En vain les sombres canonnades
Sur eux tonnent avec fureur,
Ils arrachent les palissades
Au cri de « Vive l'Empereur ! »
Mais, soudain, un fantôme immense
Devant eux, de terre s'élance,
Prêt à leur barrer le chemin.
Le feu jaillit de ses prunelles ;

Sur la ville il étend ses ailes ;
Un fouet sanglant arme sa main !....

» Arrêtez ! plus un pas !... je suis la Barbarie.

« Quoi ! vous me poursuivez jusque dans ma patrie !

» Téméraires, fuyez, craignez d'affreux malheurs.

« Tremblez !... pour l'Ottoman j'ai forgé des en-
[traves] ;

« Tremblez !... je vais lancer un million d'esclaves

« Sur Stamboul éperdue et sur l'Europe en pleurs !..

« Fuyez, vite, fuyez, redoutez ma colère.

« Je puis, d'un seul regard, vous réduire en
[poussière].

» Pourquoi venir si loin pour chercher le trépas ?...

« Sous mon vaste courroux , vous tomberez en
[poudre] ;

» Fuyez, car sur vos fronts j'appellerais la foudre

« Ou je ferais jaillir des flammes sous vos pas !...

« Vous voulez renverser la ville qui m'est chère.

« Si vous n'abandonnez ce projet téméraire,

« Je donnerai vos corps pour pâture aux corbeaux.

« Vous mourrez, sans secours, au pied de ces
[murailles],

« Loin de votre pays, et, pour vos funérailles,

« De vos tentes en feu je ferai des flambeaux !... »

A ces mots, Pélissier devant lui se présente.

Le monstre, à son aspect, recule d'épouvante

Et retombe, en hurlant, dans le fond de l'enfer.....

Et, sans s'abandonner à de vaines alarmes,

Tous s'élancent, joyeux, en brandissant leurs armes,

Vers les murs couronnés d'une moisson de fer.

Ils sont au pied de la muraille.....

Le canon tonne au-dessus d'eux,

Et, sur la terre, la mitraille

Couche ces soldats généreux.

Rien n'épouvante leur audace ;

L'œil de tous rayonne et menace
Les fiers défenseurs de la tour ;
Sur les corps de ceux qui succombent,
D'autres viennent combattre, tombent
Et sont remplacés à leur tour.

En ce moment, l'airain gronde sans intervalles,
Les corps dans les fossés tombent, criblés de balles,
Assiégeants, assiégés, rivalisent d'efforts ;
Tous sont enveloppés dans la sanglante trombe ;
On se heurte partout, partout on frappe, on tombe,
Et, partout, les vivants foulent aux pieds les morts.

Soudain, une clameur immense
Frappe les Russes effrayés.
Ils cèdent : les fils de la France
Sont sur les remparts foudroyés.
Quittant son enseigne flétrie,
Sourd à ses chefs, à sa patrie,
L'ennemi fuit de toutes parts,

Voyant sur la tour orgueilleuse,
Le croissant, l'aigle glorieuse
Flotter, unis aux léopards.

III.

La nuit sur la cité jeta ses voiles sombres.
Le silence régnait, et dans d'épaisses ombres
Notre camp et la ville étaient ensevelis.
Cette nuit s'écoula, pure, tranquille et belle,
Et l'ennemi vaincu prit la fuite avec elle,
Faisant sauter ses forts à moitié démolis.

IV.

En tous lieux l'explosion tonne,
Et sur la terre et sur les mers ;
En tous lieux la flamme rayonne,
Les débris volent dans les airs ;
Le sol s'ouvre, s'enflamme et gronde ;

La mer, écumante et profonde,
Reçoit les vaisseaux dans son sein ;
Les mâts sous l'eau cachent leur cîme,
Et les nefs, au fond de l'abîme,
Entrechoquent leurs flancs d'airain.
Enfin tout redevint paisible.
La flamme seule pétillait,
Et, fuyant cette scène horrible,
Nulle étoile au ciel ne brillait.
Cherchant son salut dans la fuite,
Le Russe a craint notre poursuite,
Le Russe a craint notre courroux.
Tremblant, il s'est glissé dans l'ombre,
Et, quand disparut la nuit sombre,
La mer le séparait de nous.

Turquie, embrasse cette France
Dont la main sèche tant de pleurs.
Chante l'hymne de délivrance,
Ne pense plus à tes douleurs.

Vois-tu cette ville enflammée ?
Vois-tu cette nombreuse armée
Qui se retire avec effroi ?..,
A ta liberté plus d'obstacle.
Souris de joie à ce grand spectacle,
Affreux pour d'autres, beau pour toi.

V.

Honneur à vous, enfants de la vieille Angleterre,
Vous avez, comme nous, fourni votre carrière ;
Vous avez à notre aigle uni vos léopards ;
Nous avons combattu côte à côte, et l'histoire
Sur une même page inscrira notre gloire,
Puisque le même bras porta nos étendards.

Honneur, honneur à vous, guerriers de la Sardaigne,
Au nôtre votre sang se mêla ; votre enseigne
Toujours suivait la nôtre, ou marchait à côté ;
Vous avez, comme nous, tenu tête à l'orage.

Partout, (Tracktir l'atteste) au plus fort du carnage,
Des Bersaglieri le panache a flotté.

Salut, salut aux morts !... au pied de ces murailles,
La gloire leur a fait de belles funérailles :
Heureux d'être vainqueurs, ils se sont endormis !...
Ils ont eu pour linceul leur vêtement de guerre ;
Et, quand la mort couvrit d'un voile leur paupière,
Leur suprême regard vit fuir les ennemis.

Adieu, frères, adieu !... toi, ma lyre, silence !
Car je vois s'avancer l'ombre en pleurs de la France,
Qui, sur l'immense tombe où reposent leurs os,
Comme au brave Merci, mort sur le champ de gloire,
Vient graver de sa main ces mots en leur mémoire :
« Arrête, voyageur, tu foules des héros !... »

9

Septième Napoléonienne.

CRÉATION
De la Médaille de Sainte-Hélène.

CRÉATION DE LA MÉDAILLE DE SAINTE-HÉLÈNE.

France!.. Tête!.. Armée!...

I.

Voyez ce rocher volcanique,
  Par la vague en fureur miné,
Où la vengeance britannique
Tenait le héros enchaîné ;
C'est ici que veuf d'espérances,
Brisé par six ans de souffrance,
Il s'éteignit avec lenteur,
Et qu'il ne put, à ce passage,

Embrasser, hélas ! que l'image
D'un enfant, espoir de son cœur.

Son dernier mot fut pour l'armée
Qu'il menait du Tage au Volga ;
Pour cette France bien-aimée
Qui de vaincre se fatigua.
Regardez-le !... son front s'incline ;
La mort oppresse sa poitrine ;
Il râle, sa tête est en feu,
Et, comme s'il sortait d'un rêve,
En rendant l'âme, il se soulève,
Murmurant : « France ! Armée ! Adieu !..

Entr'ouvrant sa paupière clos,
Il venait de dire à l'instant :
« Je veux que ma cendre repose
« Près du fleuve que j'aimais tant. »
On ramena de Sainte-Hélène
Les restes du grand Capitaine,

C'était imposant, c'était beau !
Et, maintenant, ses frères d'armes
Peuvent, en répandant des larmes,
Aller prier sur son tombeau.
Aujourd'hui, gardant la mémoire
Du héros, de son dernier vœu,
Pour ses vieux compagnons de gloire,
Louis, son auguste neveu,
Vient de créer l'ordre modeste
Qui décore ce qui nous reste
De ces héroïques soldats,
Et, sur leur poitrine meurtrie,
Tous portent l'image chérie
De celui qui guidait leurs pas.

II.

L'un deux, en essuyant ses paupières humides,
Dit : « Merci ! maintenant, il est là.., sur mon cœur,
« Celui qui nous disait, au pied des pyramides :
« Quarante siècles morts contemplent votre ardeur.»

Cet autre dit : « Merci, c'est le héros d'Arcole ,

« Celui qui des soldats connaissait tous les noms ;

» Qui nous donnait du cœur, avec une parole,

« Et sur le Saint-Bernard fit porter nos canons. »

Cet autre : « Il nous guidait dans la froide Russie,

« Vainqueur de l'ennemi, mais vaincu par l'hiver ;

« Il couchait, comme nous, sur la terre durcie.

« Le froid ne pouvant rien sur son âme de fer.

« Abandonné des siens, dans l'horrible bataille

« Où la garde mourut et ne se rendit pas,

« Il courut, mais en vain, à travers la mitraille

« Dans le navrant espoir d'y trouver le trépas !...

III.

Magnanimes soutiens de notre renommée,

Soldats, que vos hauts faits illustraient en un jour,

Sur vos cœurs, du héros, idole de l'armée,
Portez les traits chéris, le dernier mot d'amour,

Afin que, parvenue au terme de sa peine,
Quand votre âme fuira, libre de ses liens,
En vous voyant venir, l'homme de Sainte-Hélène
Vous dise en souriant : « C'est encore un des miens. »

Huitième Napoléonienne.

L'EMPEREUR A LYON.

L'Empereur à Lyon.

I.

Entendez-vous ?.. le Rhône gronde ;
Furieux, il franchit ses bords,
Couvre les hameaux de son onde,
Roule des maisons et des morts.
Entendez-vous ces voix de femmes,
De jeunes mères, que les lames
Etouffent avec leurs enfants ;
Entendez-vous crier, dans l'ombre,
Ces vieillards   que le fleuve sombre
Etreint dans ses bras triomphants ?

Voyez là-haut, sur ces collines,
Ces familles d'infortunés
Qui sur leur chaumière en ruines
Jettent des regards consternés.
Déjà le flot atteint le faîte.....
Il monte encor.... rien ne l'arrête ;
Il s'élance dans les vallons....
L'asile du pauvre s'écroule
Et le Rhône en fureur le roule
Dans ses rapides tourbillons.

II-

Tu te souviens, Lyon, que croissant d'heure en heure,
Le fleuve impétueux, tout prêt à t'engloutir,
Surprenait l'ouvrier dans sa pauvre demeure
Et l'y noyait, hélas ! sans qu'il pût en sortir !

Tu te souviens aussi qu'à cette heure paisible,

Où, les bras fatigués, le prolétaire dort,
Les épouses passaient (ô souvenir terrible !)
Des bras de leurs époux dans les bras de la mort.

Pour sauver leurs enfants, innocentes victimes,
Les mères en criant se jetaient dans les eaux.
Le fleuve sans pitié couvrait de ses abîmes
    Et les mères et les berceaux !....

On entendait partout une incessante plainte,
Des cris de désespoir et des cris de douleur ;
Hommes, femmes, enfants, couraient dans ton
                                ⌈enceinte⌉,
Insensés, presque nus et pâles de terreur.

    L'enfant, appelant sa mère,
    Priait le ciel à genoux ;
    La sœur appelait son frère ,
    Et l'épouse, son époux.

Où sont-ils?. qui peut le dire? ....

Du fleuve c'est le secret....

Enfin l'onde se retire,

Lentement, comme à regret,

Et, sous des débris humides,

De ces êtres adorés

On revoit les traits livides

Et les corps défigurés !!!.....

III.

Tout-à-coup, au milieu d'un lugubre silence,

Un joyeux cri d'amour dans l'espace s'élance :

    « C'est lui!.. c'est l'Empereur !...

Comme un Dieu bienfaisant, il accourt sur les rives,

Car tes cris, ô Lyon, et tes clameurs plaintives

    Ont su toucher son cœur.

Il vient te consoler, allons, reprends courage,

Car sa main va des flots effacer le passage,
 En répandant de l'or.
Allons, sèche tes pleurs, sa voix te dit : « Espère :
Orphelins, accourez, il vient, comme un bon père,
 Pour vous partager son trésor.

IV.

Ah ! c'est beau de donner sans cesse
A la veuve dans la détresse,
A l'enfant, né dans le malheur,
Je vous bénis, je vous admire,
Et, comme moi, tous diront, Sire :
« Vive à jamais notre Empereur !.. »

11

Neuvième Napoléonienne.

L'ATTENTAT DU 14 JANVIER.

ATTENTAT.

Monstrum horrendum, informe, ingens, cui lumen ademptum est

VIRGILE. — *Enéide.*

I.

C'est souvent dans les jours de fête
Que pour nous s'ouvre le cercueil.
Muse, plus de doux chants, arrête !
Et prends des vêtements de deuil.
Pleure les morts et remercie

Le ciel d'avoir sauvé la vie
De ton auguste souverain,
Et, pour flétrir un acte infâme,
Aux cordes tendres de ton âme
Ajoute une corde d'airain.

II.

La France sommeillait dans une paix profonde.
L'enfer poussa de rage un sombre hurlement,
Et l'on vit s'agiter dans leur cachot immonde,
    Louvel, Damiens, Fieschi, Clément,
L'ombre de Ravaillac fit résonner sa chaîne ;
Le meurtre raviva son infernale haine ;
    Tous l'applaudirent par leurs cris ,
Et le vil régicide, ouvrant son aile sombre,
Un poignard à la main, prit son essor dans l'ombre,
    Et vint s'abattre sur Paris !...

III.

Voyez cette foule en liesse
Qui marche paisible et sans peur,

Et tout ce peuple qui se presse
Pour escorter son Empereur.
Mais l'assassin guette sa proie,
Et c'est au milieu de leur joie
Qu'il va frapper ces malheureux.
Il tient déjà l'arme fatale.....
Un éclair de rage infernale
Illumine ses traits affreux !

Sur le seuil du théâtre, ils sont là... quatre infâmes !
Quatre vils meurtriers, par les enfers vomis,
Qui, pour avoir de l'or, vendraient jusqu'à leurs
[âmes],
Egorgeraient parents, amis !
L'Élu du peuple passe... Horreur ! de sa main vile,
Un de ces noirs démons lance son projectile
Qui tombe et vole en mille éclats ;
Puis un autre l'imite, et partout le sang coule...
Le trépas au hasard va frapper dans la foule
Hommes, femmes, enfants, soldats !....

Dieu l'a couvert de son égide....
De son char brisé, l'Empereur
Sort majestueux, intrépide...
Chacun pousse un cri de bonheur.
Le mourant, étendu par terre,
Murmure en fermant la paupière :
« Il est sauvé !... je puis mourir ! »
Incline sa tête sanglante
Et, la figure rayonnante,
Exhale son dernier soupir.

Lui, qu'on voulait frapper, voyez comme il adresse
A ces pauvres blessés un mot consolateur.
Quel coup pour son amour ! quel coup pour sa
[tendresse !]
Quel triste tableau pour son cœur !
Voyez, auprès de lui, son auguste compagne,
Doux ange que la France enviait à l'Espagne,
Prodiguer ses tendres secours,
Pendant qu'aux spectateurs il dit ses mots sublimes :

« Pourquoi les assassins font-ils tant de victimes
    « Puisqu'ils n'en veulent qu'à mes jours ? »

IV.

Ne savaient-ils pas, les infâmes ,
Que s'ils l'avaient atteint, nous tous, saisis d'horreur,
    Hommes, vieillards, enfants et femmes,
Nous nous serions levés, pour venger l'Empereur ;
    N'avaient-ils donc pas su comprendre
Que le peuple était là... qu'après le coup fatal,
    Il serait venu pour défendre
Jusque dans son berceau, le Prince impérial ?

    Il est notre jeune espérance ;
Oui, nous l'aurions gardé, jusqu'au dernier soupir.
Du moment qu'il s'agit du bonheur de la France,
L'enfant même a du cœur, et l'homme sait mourir.

12

Dixième Napoléonienne.

FRANCE ET SARDAIGNE.

FRANCE ET SARDAIGNE.

Pourquoi ce bruit confus ; pourquoi cette allégresse ;
Pourquoi ces chants d'amour et ces accents d'ivresse ;
Pourquoi tressaillez-vous, vieux remparts de Turin ?
Où courent ces vieillards, ces femmes radieuses,
Ces enfants, dont les voix touchantes et joyeuses
Se mêlent, dans les airs, à la voix de l'airain ?

Où courent ses guerriers ? au combat ?... non, au
                                        [temple,]
Au temple, où chacun d'eux avec bonheur contemple
Une femme, un héros, qui se donnent la main,
Tandis que le prélat, courbé par les années,

Couvrant du voile saint leurs têtes inclinées,
Conjure l'Eternel de bénir cet hymen.

Ce héros, c'est celui qui dans l'onde rapide,
Sous l'ouragan de plomb, s'élançait, intrépide,
Dispersant devant lui les bataillons du czar ;
Qui bravait de l'hiver et la neige et la glace ;
Qui comprend qu'au danger on doit avoir sa place,
Quand on est, comme lui, le neveu de César,

Cette femme, au front pur que la pudeur colore,
C'est la fille du roi que la Sardaigne adore ;
C'est un ange du ciel, sur terre descendu ;
La douce Charité, sous les traits d'une femme
Dont le trésor à tous est ouvert, et dont l'âme
A la voix du malheur a toujours répondu.

Jeune épouse, venez, la France vous appelle,
Et notre souveraine, aussi bonne que belle,

Joyeuse, vous attend pour vous dire : « Ma sœur ! »
Et, de sa douce voix qui charme et qui console,
Vous répéter encor cette belle parole :
« D'une mère pour vous j'aurai toujours le cœur. »

Victor-Emmanuel, sois fier et prends courage.
Dédaigne les méchants et leur aveugle rage.
Ton père, de là-haut, sourit à cet hymen.
En vain à l'insulter la haine s'évertue :
Le glaive dont un lâche a privé sa statue
Peut (nous le savons tous) briller nu dans ta main.

Nous servirons de garde à ta royale fille ;
Oui, nous la défendrons comme notre famille,
Oui, nous la défendrons comme un dépôt sacré,
Comme le doux enfant que l'ange de la France
Couve d'un œil brillant d'amour et d'espérance
Et berce chaque nuit dans son berceau doré.

Dans les eaux de la paix lave ton flanc qui saigne ;
Ne t'inquiète pas, glorieuse Sardaigne,
Cette union pour toi répond de l'avenir.
Mais, veille, et si plus tard quelque danger s'avance,
Tu n'auras qu'à crier, te tournant vers la France :
« Prenons garde, ma sœur, l'ennemi va venir. »

Au plaisir dans ton cœur fais une large place.
Quand le czar, dans sa haine et dans sa folle audace,
Lança contre Stamboul ses soldats en fureur,
Nos drapeaux frémissaient au même vent de gloire.
Puisque tu combattis dans nos jours de victoire,
Tu dois te réjouir dans nos jours de bonheur.

Du haut de votre ciel, couvrez de votre égide
Le soldat glorieux et la vierge timide
Qui se sont à l'autel prosternés à genoux,
Et, si vous leur donnez un ange au doux sourire,
Faites qu'il ait plus tard, ô mon Dieu, (c'est tout dire),
Les attraits de l'épouse et l'âme de l'époux.

Onzième Napoléonienne.

LA GUERRE D'ITALIE.

13

La Guerre d'Italie.

Veni, Vidi, Vici.

———•••———

I.

Elle a repris son vol, cette aigle glorieuse,.
Cette aigle du héros partout victorieuse,
Cette aigle dont, vingt ans, l'aile se fatigua
De Berlin à Madrid et du Tage au Volga.
Français, battons des mains,. applaudissons nos frères;
Ils suivent les sentiers qu'avaient frayés nos pères.
Combattant, pleins d'ardeur, sous l'œil du souverain,
De l'histoire, là bas, ils lassent le burin,

Chaque jour ajoutant, orné d'une victoire,
Une page nouvelle à cent pages de gloire.
Pleine d'un juste orgeuil, France, pays sacré,
Tu peux dire : « Mes fils n'ont pas dégénéré. »

Depuis longtemps, hélas ! cette pauvre Italie,
Sous le pied de l'Autriche, abattue, avilie,
Murmurait, en râlant : « Peuples, à moi, je meurs ! »
Les peuples étaient sourds ou détournaient la tête,
De même que les flots, au fort de la tempête,
Quand pleure un naufragé, sont sourds à ses clameurs.

Pauvre peuple ! surpris par l'ennemi, dans l'ombre,
Il tomba, tout sanglant, accablé par le nombre,
N'ayant plus qu'un tronçon de glaive dans la main.
Tel un gladiateur, couché sur la poussière,
Prenait en expirant une attitude fière,
Pour attirer sur lui l'œil d'un César romain.

Le Germain, dans sa haine immense, inassouvie,
Sur ce corps défaillant, d'où s'enfuyait la vie,

Pour hâter son trépas, posait son pied vainqueur;
Pour étouffer ses cris, il lui pressait la bouche,
Et, nouvel Othello, formidable et farouche.
Sur son sein haletant bondissait en fureur !....
Mais la France était là !.... Pour sauver la victime,

III.

Des Alpes, d'un seul bond, elle franchit la cime,
Balayant, éperdus, ces nombreux oppresseurs.
Pauvre Italie en deuil, relève enfin la tête ;
L'horizon s'éclaircit,. ne crains plus la tempête ;
Côte à côte suis-nous, nos bannières sont sœurs.

C'est le digne héritier du grand vainqueur d'Arcole
Qui les a tous fait fuir au son de sa parole,
Qui s'est fait ton vengeur et ton plus ferme appui ;
Il a bravé pour toi le fer et la mitraille,
Car, ainsi qu'à Crillon absent d'une bataille,
Il ne veut pas qu'on dise : « On a vaincu sans lui. »

Suivons tous du regard cette vaste épopée :
Marignan, Magenta, terre de sang trempée,
Montebello, beau nom, deux fois cher aux Français,
Solferino, qui prouve, immortelle victoire,
Que pour nos bataillons, dans le ciel de la gloire,
Le soleil d'Austerlitz ne s'éclipse jamais.

Solferino !.. C'est là que l'horrible mêlée
Seize heures, tournoyant sur la terre ébranlée,
L'un sur l'autre, à grand bruit, poussa les bataillons ;
C'est là qu'insouciant au milieu du carnage,
Le Turco bondissait, et, comme un vent d'orage,
Soulevait sous ses pas la poudre des sillons.

Là que, rouge de sang, à travers la fumée,
Le Zouave courait, fier lion de Crimée,
Pour ajouter encore à son vaste renom,
Et, méprisant la mort, pensant à la patrie,
S'élançait, l'arme au poing, sur chaque batterie,
Tuait les artilleurs et prenait le canon.

Là qu'on vit, dirigeant leurs guerriers invincibles,
Napoléon, Victor, calmes, froids, impassibles,
Dans les rangs ennemis semer au loin l'effroi.
Et, frères par le cœur, héros de même taille,
Pour se faire soldats, pour braver la mitraille,
Déposer leurs manteaux d'Empereur et de Roi.

Ils se sont dispersés, ces ennemis sans nombre,
De l'homme d'Austerlitz, ils ont cru revoir l'ombre ;
Ils disaient en tremblant : « C'est lui !... Napoléon !. »
Le matin les a vus couvrir au loin la plaine :
Le soir les a vus fuir, effarés, hors d'haleine,
Craignant, honteux chacals, l'œil ardent du lion.

Ombre de Radetzki, sors du tombeau, regarde !...
De ces fréquents éclairs la lumière blafarde
Suffit pour te montrer ces soldats égorgés.
Vois-tu ces Piémontais, là-bas, sur cette route,
Poursuivre sans merci tes frères en déroute...
De Novare, dis-moi, se sont-ils bien vengés ?...

N'est-ce pas, Empereur à la mine hautaine,
Napoléon le-Grand, sublime capitaine,
Qu'en voyant l'ennemi ployer les deux genoux,
Tu tressaillis d'orgueil, sur ta couche de pierre,
Et que, pour animer ceux dont la France est fière,
Tu leur as dit : « Soldats, je suis content de vous ? »

IX.

Ce cri joyeux : « La paix ! » dans l'espace s'élance.
L'Autriche a dépouillé son antiqne arrogance ;
Elle a vu qu'un abîme était sur son chemin ;
Elle a crié : « pardon !.. » vaincue, à l'agonie,
Sachant que les Français, la bataille finie,
A ceux qu'ils ont frappés tendent toujours la main.

Allons, relève-toi, Louis vient de t'absoudre,
Et de sa main qui lance ou qui retient la foudre,
Il a pressé la main de ton jeune empereur.

Allons, relève-toi, sans fiel et sans colère,
Quand c'est Napoléon qu'on a pour adversaire,
On peut être vaincu sans perdre son honneur.

V.

Salut! trois fois salut! aigle de notre armée ;
L'aigle d'Autriche a craint ta prunelle enflammée,
Devant ton large essor le sien dût s'abaisser.
Vous, frères, dont le sang paya notre victoire,
Dormez... dormez en paix... dans vos linceuls de
[gloire],
La France avec amour viendra vous y bercer !...

Nous pleurons aujourd'hui ces guerriers morts en
[braves],
Mais si jamais, plus tard, pour nous charger d'en-
[traves],
Devant nos bataillons se dresse l'étranger,

14.

Dans nos yeux, à l'instant, se tariront nos larmes :
Nous avons tous un bras, nous saisirons des armes,
Nous penserons aux morts, nous saurons les venger. !

Douzième Napoléonienne.

ODE A L'ARMÉE.

ODE A L'ARMÉE.

I.

Les voici de retour, ces combattants sublimes,
Qui des Alpes naguère escaladaient les cîmes.
Deux mois leur ont suffi pour vaincre leurs rivaux !
Ne craignez plus pour eux, souriez, bonnes mères,
Ils reviennent chercher, dans leurs humbles chau-
[mières],
Quelques baisers de vous pour prix de leurs travaux.

Il leur suffit qu'un peuple souffre,
Pour qu'ils se mettent en chemin
Et pour qu'ils l'éloignent du gouffre
Qui, peut-être, l'attend demain.

Plongeant dans la mêlée ardente,
Mer houleuse, à la voix stridente,
Dont les flots sont des bataillons.
Lorsque de cet abîme ils sortent,
Avec orgueil ils en rapportent
La liberté des nations.

Quand un peuple expirant crie et verse des larmes,
C'est beau de lui répondre et de courir aux armes,
De frapper ses bourreaux fuyant de toutes parts,
Et, pour le consoler de sa longue souffrance ,
Soldats, de lui porter sa jeune indépendance
Dans les plis mutilés de vos vieux étendards !...

II.

Fiers de leur lambeau tricolore,
Ne les apercevez-vous pas ?...
Ils reviennent, couverts encore

De la poussière des combats.

C'est pour eux que l'épaisse foule

En tous sens se croise et se roule,

Poussant de joyeuses clameurs ;

C'est pour eux que Paris en fête

Avec enthousiasme apprête

Ses arcs de triomphe et ses fleurs.

Saluons, saluons cette armée héroïque :

Ces zouaves, ces turcos, fiers lions de l'Afrique,

Qui rugissaient hier et chantent aujourd'hui.

Français, battons des mains au souverain sublime

Qui, du grand empereur héritier magnanime,

A prouvé que son fer n'est pas trop lourd pour lui.

Mac-Mahon !... saluons encore

Ce duc nommé par le canon,

Dont la gloire, éternelle aurore,

Fera toujours briller le nom ;

Ces vieux chefs, bouillants de courage,

Qu'à ses leçons, dans leur jeune âge,
Forma Napoléon-le-Grand ;
Saluons-les, ils sont les frères
De Lannes, Montholon, Bessières.
Ney, Junot, Crambronne et Bertrand.

Généraux, que partout la victoire couronne,
Quand il vous vit passer au pied de sa colonne,
Quand il vit votre front, par la poudre noirci,
Quand il vous vit déjà dignes de son école,
L'homme de Marengo, d'Austerlitz et d'Arcole
Vous a salués tous, et vous a dit : « Merci ! »

III.

Honneur à vous, soldats de notre jeune armée,
Dont le front se brouza, dont l'œil, comme en Crimée,
D'un rayon de victoire au feu s'illumina.
Les vétérans courbés sous le poids de leur gloire,

Ont dit de vous : « Ils ont leur page dans l'histoire,
« Leurs grands jours de Wagram, d'Austerlitz,
[d'Iéna]. »

Salut ! car vous êtes des braves !
Salut ! vous avez de grands cœurs ;
Vous savez briser des entraves
Et retenir vos bras vainqueurs ;
De l'honneur vous savez la route
Et vous êtes tous, nul n'en doute,
Les dignes fils de ces soldats
Qui, dans leur dernière bataille,
Impassibles sous la mitraille,
Mouraient et ne se rendaient pas.

IV.

Vous qui, frappés à mort, la figure joyeuse,
Suiviez encor des yeux l'aigle victorieuse,

15

Vos noms seront toujours beaux parmi les plus
[beaux] ;
Et vos frères, plus tard, en répandant des larmes,
Avec un peuple entier, libre, grâce à vos armes,
Iront s'agenouiller sur vos nobles tombeaux !...

Treizième Napoléonienne.

ODE A L'EMPEREUR

ODE A L'EMPEREUR

Quand le héros, votre oncle, après une bataille,
Au milieu des drapeaux tout criblés de mitraille,
Revenait à Paris se reposer un jour,
En voyant devant eux l'homme des Pyramides,
Les mâles grenadiers sentaient leurs yeux humides
De larmes de bonheur et de larmes d'amour.

Le peuple, ivre comme eux d'amour et d'allégresse,
Le suivait pas à pas et l'acclamait sans cesse ;
Le tambour répondait à la voix du canon ;
La musique jouait une marche guerrière,
Et le petit enfant, sur les bras de sa mère,
Essayait de crier : « Vive Napoléon ! »

Ah ! c'étaient de grands jours de triomphe et de
[gloire],
Où la France à son char enchaînait la Victoire,
Où cent peuples vaincus nous demandaient merci.

Oui, c'était un beau temps, pourtant, il faut le dire,
Le nôtre est aussi beau, puisque, grâce à vous, sire,
Le soleil d'Austerlitz ne s'est pas obscurci.

N'avez-vous pas aussi vos combats de Crimée,
Les sublimes soldats de votre jeune armée,
Qui marchaient en chantant sous le feu du canon,
S'élançaient, l'arme au poing, la figure joyeuse,
A travers la mêlée ardente et furieuse,
Et, même en expirant, murmuraient votre nom?

Vos vaisseaux n'ont-ils pas tracé leur blanc sillage
Dans ce port où, chargé des produits du pillage,
Le Russe revenait, comme l'aigle à son nid ;
N'a-t-on pas vu flotter l'étendard de la France
Sur ces forts démolis, qui dorment en silence,
Fiers géants foudroyés, sur un mont de granit ?

N'avez vous pas naguère, en deux mois (ô prodige)!
Promené nos drapeaux du Tessin à l'Adige,
En chassant devant vous de rudes ennemis ;
Dans ces champs glorieux, encor pleins du grand
[homme],

Le seul bruit de vos pas, de l'éternelle Rome
N'a-t-il pas réveillé les héros endormis ?

Sire, on se transmettra votre nom d'âge en âge.
Oui, l'histoire vous garde une immortelle page ;
Elle burinera vos hauts faits sur l'airain.
En vous, à la grandeur s'unit la bienfaisance,
Et nous dirons : « Il fut le père de la France, »
Quand nos voisins diront : « Il fut grand souverain. »

Sire, voilà pourquoi le peuple, qui vous aime,
Va dans le temple saint prier l'Etre suprême
Pour vous, pour votre fils, tête blonde, front pur ;
Pour celle qui sur lui, fière et joyeuse, veille
Et qui vient l'embrasser, aussitôt qu'il s'éveille,
En attachant sur lui ses beaux yeux pleins d'azur.

Sire, voilà pourquoi la foule qui vous presse
Toujours, en vous voyant, pousse un cri d'allégresse,
Immense cri d'amour, sorti du fond du cœur.
Sire, voilà pourquoi le soldat invalide
Dit, en passant la main sur sa paupière humide :
« C'est lui, c'est le neveu de mon vieil Empereur ! »

Si, quelque jour l'émeute (oh! que Dieu nous en
(garde),
Se roule jusqu'à vous, furieuse, hagarde,
Parlez, nous marcherons, parlez, comptez sur nous.
Le fer des meurtriers, avant de vous atteindre,
Du sang de notre cœur, sire, devra se teindre,
Et nous mourrons contents, car nous mourrons pour
[vous].

Si l'on ose toucher au neveu du grand homme,
Au neveu du héros qu'avec orgueil on nomme,
En foule autour de vous à l'instant rassemblés,
Les nobles vétérans, enfants de la victoire,
Que votre oncle jadis conduisait à la gloire,
Vous feront un rempart de leurs corps mutilés!

FIN DES NAPOLÉONIENNES.

PARISINA,

POÈME

Traduit de lord BYRON.

PARISINA.

I.

C'était l'heure où, caché dans les bosquets humides,
Bulbul * au vent du soir jette ses chants limpides ;
L'heure où les amoureux volent au rendez-vous,
Se faire des serments dont les mots sont si doux ;
L'heure où la brise siffle au sein de la verdure ;
Où le ruisseau voisin, par son joyeux murmure,
Charme ceux qui, dans l'ombre, errent seuls et
[rêveurs].
L'air est pur ; la rosée a rafraichi les fleurs ;

(*) *Nom que les Orientaux donnent au Rossignol.*

L'étoile brille au ciel et les vagues frémissent ;
De l'immense forêt les chênes reverdissent ;
Au ciel règne un mélange et d'ombre et de clarté,
Jour vague et ténébreux, suave obscurité,
Ombre qui suit le jour, lorsque le crépuscule,
Devant l'astre des nuits, se dissipe et recule.

II.

Est-ce pour écouter l'eau qui murmure et fuit,
Que Parisina sort de son palais, sans bruit?
Est-ce pour voir l'éclat de la voûte céleste
Qu'elle parcourt ainsi les vastes jardins d'Este?
Est-ce pour respirer les doux parfums du soir,
Que dans un bosquet sombre elle vole s'asseoir?
Non, non ; mais un bruit naît : la jeune femme écoute.
Quoi donc ? une chanson de rossignol, sans doute?
Non, ce n'est pas cela que son oreille attend ;
C'est un accent plus doux, la voix qu'elle aime tant.
Regardez.... elle entend des pas dans le feuillage.

Son cœur bat, la pâleur recouvre son visage.

D'une voix douce et tendre elle entend les accents

Arriver à travers les rameaux frémissants ;

Son œil brille, sa joue à l'instant se colore....

D'amour elle palpite...,. une minute encore....

Elle est enfin passée.... et son amant, soudain

Accourt, tombe à ses pieds et lui baise la main.

III.

Le monde, maintenant, qu'il pleure ou rie ou chante,

N'a rien qui les séduit, n'a rien qui les enchante.

Pour tout dire, ni terre, êtres vivants ni cieux,

Rien n'attire leurs cœurs, rien n'attire leurs yeux.

Comme les morts couchés dans leur froide demeure,

Insensibles à tout, ils laissent passer l'heure,

Pleins d'une volupté qui donnerait la mort,

Si l'amour, dans leurs cœurs, n'était encor plus fort.

Leurs larmes, leurs soupirs sont tout pleins de ten-
[dresse].

Rien ne peut les distraire et ne les intéresse ;
On dirait qu'ils sont seuls, sous un ciel étranger,
Que tout est mort pour eux. Leur crime.... leur
[danger]....
Peuvent-ils y penser, dans ce riant délire ?
Quand ainsi de l'amour on a senti l'empire,
Quand on sait ce qu'il vaut de joie et de tourment,
Comment pourrait-on craindre, en pareil moment,
Et calculer s'il passe ou lentement ou vite ?
Hélas ! ces doux instants ont bientôt pris la fuite,
Et nous ne savons pas, lorsque vient le réveil,
Si nous ferons encor quelque rêve pareil.

IV.

Ils vont enfin partir de ce lieu solitaire,
De ces bosquets, témoins de leur joie adultère,
Ils ont l'air soucieux, malgré le doux espoir
Et le ferme serment de bientôt se revoir.
Un noir pressentiment semble attrister leur âme:

Les soupirs étouffés, les paroles de flamme,
Les serrements de main, les longs embrassements,
Le doux rayon qui sort des yeux de deux amants
Les retiennent cloués à leur place fatale.
De l'infidèle épouse éclairant le front pâle,
Mille rayons chétifs tombent à l'abandon
Du ciel, dont elle n'ose espérer le pardon,
Du ciel, dont elle croit que les chastes étoiles
Ont vu, témoins muets, sa faiblesse sans voiles !..
Enfin l'heure est venue, il faut se séparer,
Un remords douloureux au cœur vient la serrer.
Et du frisson glacé, qui suit de près un crime,
Elle tremble,... elle tremble, ainsi qu'une victime,
Car une voix secrète, hélas ! lui dit tout bas
Que, demain, en ces lieux ils ne se verront pas !...

V.

Hugo s'est étendu sur sa couche glacée.
Il y peut caresser sa coupable pensée :

Mais elle.... malheureuse, elle va s'endormir
Sur le cœur de l'époux qu'elle vient de trahir !
Elle dort d'un sommeil tumultueux... un rêve,
Rêve agité, fiévreux, par instants la soulève
Et lui fait murmurer sans cesse, avec amour,
Un nom qu'elle tairait à la clarté du jour.
Sur son cœur infidèle en dormant elle presse
L'époux qui, s'éveillant, à sa douce caresse,
Prend ces baisers brûlants, ces soupirs dans la voix,
Pour ceux qu'à ses transports elle accordait parfois,
Et qui, le cœur joyeux, contemple cette femme
Dont, jusqu'en son sommeil, il croit posséder l'âme.

VI.

Il écoute parler Parisina qui dort,
Il entend... quoi ? la voix de l'ange de la mort ?
Pourquoi le prince Azo bondit-il sur sa couche ?
Pourquoi des mots sanglants sortent-ils de sa bouche?
C'est parceque jamais arrêt plus infâmant

Sur lui ne peut tomber, au jour du jugement,
Quand, pour ne plus mourir, Dieu le faisant renaître,
Devant son tribunal le fera comparaître.
Tout ce qu'il vient d'apprendre a détruit son bon-
[heur];
Un nom seul qu'il entend lui dit son déshonneur.
Ce nom qui retentit sur sa couche agitée
A brisé son espoir, comme l'onde irritée
Qui, roulant un esquif, le brise sur l'écueil
Et creuse aux naufragés un liquide cercueil.
Un nom.... mais quel est-il, ce nom qui dans l'air
[passe]?
C'est... le nom... de son fils!.. qu'on lui jette à la
[face]!...
Le nom... le nom d'Hugo !.. fils qu'il aima toujours,
Illégitime fruit de ses jeunes amours!
Oh! l'aurait-il jamais soupçonné, pauvre père,
Le nom d'Hugo !... l'enfant dont Bianca fut la mère,
Bianca qu'il séduisit, qui reçut son serment,
Et qui ne put, hélas ! l'avoir que pour amant.

17

VII.

De son poignard alors sa main pétrit la garde :
Elle mérite bien, grand Dieu ! qu'il la poignarde.
Il rejette pourtant l'arme dans le fourreau,
Ne pouvant la porter sur un être si beau :
Oh ! non, pas là, du moins, endormie et riante,
Son œil devient sanglant, sa figure effrayante.
Ah ! si de son sommeil il la faisait sortir,
Ce regard menaçant pourrait l'anéantir.
Sur son front pâle et froid glissent de grosses gouttes,
Que la lampe illumine et qui scintillent toutes ;
Mais elle... plus paisible, elle sommeille encor,
Sans savoir que son juge a décrété sa mort.

VIII.

Azo quitte sa couche en voyant le jour naître,
Il vole interroger ceux dont il est le maître :

Il lui faut une preuve, il croit n'en point avoir.
Tous les discours, hélas ! dissipent son espoir.
Des siens, avec douleur il constate le crime.
Il a questionné la confidente intime,
Et tout lui fut par elle aussitôt raconté.
Pour mieux de son récit prouver la vérité
Jusqu'aux moindres détails, elle a tout osé dire !...
Pauvre Azo ! dans son cœur l'espoir ne doit plus
[luire]...

IX.

Le prince n'est point homme à souffrir les délais :
Dans un appartement de son vaste palais
Il siége : sur son front resplendit sa couronne ;
Son glaive est devant lui ; sa garde l'environne.
Les coupables sont là... tous deux jeunes et beaux.
Aussi froide que l'est la pierre des tombeaux,
Elle baisse en tremblant ses yeux noyés de larmes.
Lui, noble et fier encore, est enchaîné, sans armes !

Devant un père, ô ciel ! est-ce ainsi qu'on paraît ?
Il vient, le fils coupable, écouter son arrêt ;
Il vient prêter l'oreille au récit de sa honte ;
Il sait qu'a l'échafaud il va falloir qu'il monte,
Et, cependant, on voit, quoiqu'il n'ait point parlé,
Qu'il est encor le même et n'est point accablé.

X.

Pâle, Parisina devant son juge pleure !...
O mon Dieu ! que son sort est changé !... Tout-à-
l'heure
Un regard de ses yeux aurait fait cent jaloux ;
Chacun aurait voulu la servir à genoux ;
Les dames de sa cour disaient : « Pour être belle,
« Il faut parler, marcher et se parer comme elle »
Quelques pleurs dans ses yeux pleins de rayons suaves
Eussent, hier encor, fait lever mille braves
Et jaillir des fourreaux mille fers à la fois.
Qui voudrait maintenant obéir à sa voix ?

Hélas ! à son égard qu'est devenu le monde ?
Elle n'excite plus qu'une froideur profonde.
Tous, en baissant leurs yeux et leurs fronts assombris,
Cherchent à lui cacher un regard de mépris ;
Tous, se croisant les bras, attendent en silence....
Nul n'élève la voix pour prendre sa défense ;
Tels se montrent les grands, son époux et la cour.
Et'lui, le chevalier qu'a choisi son amour,
Qui, libre, serait mort ou l'aurait délivré,
Lui qu'un seul mot tombé de sa bouche adorée,
Qu'un regard aurait fait affronter les enfers,
Il est à ses côtés, debout, chargé de fers !
Il ne voit pas les pleurs de l'épouse infidèle
Pleurant pour son amant, encor plus que pour elle,
Il ne voit pas ses yeux tantôt fixes , hagards,
Tantôt appesantis, voilés et sans regards ;
Il ne voit pas ses yeux, pleins d'un éclat livide,
Où l'amour avait mis un rayon si limpide,
Ses yeux que tant de fois sa bouche a clos le soir,
Lorsqu'il lui répétait : « Au revoir !.. au revoir ! »

Il ne voit pas les pleurs que la douleur épanche,
Abondants et pressés, sous sa paupière blanche.

XI.

Il pleurerait aussi, s'il n'était observé,
Mais on le voit !... son front reste toujours levé ;
La douleur qu'il ressent reste au fond de son âme.
Il craint, s'il regardait un instant cette femme
Dont le fatal amour a causé ses malheurs,
D'être trop attendri pour retenir ses pleurs ;
Il a peur qu'on ne dise : « Hugo verse des larmes. »
Et puis, se rappelant son passé plein de charmes,
Son crime, son amour et bientôt son trépas,
L'horreur des gens de bien, son destin ici-bas,
Il n'ose regarder cette beauté fatale,
Car il craint qu'en voyant cette figure pâle,
Ce front morne et glacé, comme celui des morts;
Son cœur, le trahissant, ne montre ses rémords.

XII.

Les traits bouleversés, le prince Azo se lève :
« Chevaliers, ce matin a vu fuir mon doux rêve !
« Mon épouse, mon fils, qui faisaient mon orgueil,
« Avant la fin du jour, seront dans le cercueil !...
« Je vais bientôt languir, ignoré, solitaire,
« Eh bien ! je languirai, car, ce que je vais faire,
« Qui pourrait le blâmer, qui ne le ferait pas ?
« La cloche de la tour va sonner leur trépas.
« Le cœur vide et brisé, je mourrai, mais qu'importe !
« Mon fils, un prêtre est là, qui t'attend à la porte ;
« En priant, à ses pieds va t'en te prosterner,
« L'Eternel est clément et peut te pardonner.
« Quand l'étoile du soir enverra sa lumière,
« Tu dormiras, sanglant, sur la couche de pierre,
« Car il n'est pas d'endroit où nous puissions tous
                                              [deux]
« Respirer le même air, vivre un moment heureux.

« Moi, je ne verrai pas sous la hache pesante,

• Rouler sur l'échafaud ta tête bondissante,

« C'est trop affreux pour moi ; mais toi, Parisina,

« Toi, femme dont l'amour à la mort le traîna,

« A ce spectacle affreux, sanglant, je te convie.

« Ecoute encore un mot : je te laisse là vie,

• Non pas comme un bienfait, mais comme un châ-
[timent],

• Si tu peux, sans mourir, voir mourir ton amant. •

XIII.

Il se tut et s'assit, sombre comme un orage.

Le sang bouillonnant lui montait au visage,

Tantôt impétueux, tantôt lourd et glacé ;

Ses vaines se gonflaient, son front était baissé,

Et, pour cacher à tous ses tortures poignantes,

Il cachait sa figure entre ses mains tremblantes.

Malgré ses fers pesants, Hugo lève les bras,

Il demande à parler, Azo ne répond pas.

Alors, d'une voix ferme, il dit : « Souvent, mon père,

« Tu m'as vu tout couvert de sang et de poussière,

« Au sein de la mêlée, à tes côtés courir ;

« Ton fils, tu le sais bien, ne craint pas de mourir ;

« Il a, dans les combats, immolé bien des braves.

« Le fer que m'ont ravi tes infâmes esclaves,

« Lâches, pour m'arrêter venus à plus d'un cent,

« Ce fer, dis-je, a pour toi répandu plus de sang

« Que jamais tes bourreaux ne peuvent en répandre.

« Tu m'as donné le jour, tu peux me le reprendre,

« Je ne te devrai rien. Je pense chaque jour

« A celle dont jadis tu dédaignas l'amour ;

« Je connais ses douleurs, son existence amère.

« Je n'ai point oublié cette Bianca, ma mère,

« Pauvre ange que la mort endormit fatigué ;

« Je connais le mépris, à son enfant légué ;

« Mais elle dort, Azo, ne troublons point sa cendre,

« Car son fils, ton rival, près d'elle va descendre ;

« Son cœur brisé, ma tête arrachée à mon corps

« Témoigneront pour toi, feront connaître aux morts

« Qu'Azo, le prince d'Este, est de toute la terre

« Le plus fidèle amant et le plus tendre père.

« Je t'ai fort outragé, mais ce fut œil pour œil :

« Cette femme ployée au joug de ton orgueil,

« Qui ne t'aima jamais et qui fut ton épouse,

« Elle allait être à moi, quand ton âme jalouse

« S'en éprit : à ton fils tu voulus l'arracher.

« Alors tu divulguas ce qu'il fallait cacher,

« Ma naissance ; insensé, tu divulguais un crime.

« J'aurais moi, vil bâtard, enfant illégitime,

« Souillé la pureté de son lit conjugal.

« La raison ? la voici : c'est qu'au trône ducal,

« Après que le trépas t'en aurait fait descendre,

« Hugo, quoique ton fils, ne pouvait pas prétendre.

« Et cependant, Azo, mon nom, sache-le bien,

» Pouvait dans l'avenir briller comme le tien ;

« Je pouvais conquérir un cimier glorieux

« Comme ceux qui paraient le front de tes aïeux.

« Tels se font remarquer par leur haute noblesse,

« Qui jamais au combat n'ont fait une prouesse,

« Et j'ai souvent laissé derrière mon coursier

« Un prince fier, un comte, un noble chevalier,

« Lorsque, bouillant d'ardeur sous mon armure [noire],

« Le panache flottant, criant : « *Este et Victoire !* »,

« Devant les ennemis je tombais, l'arme au poing.

« Je t'ai fort offensé, je ne le nierai point ;

« Je ne te ferai point de prières timides

« Pour demander des jours qui passeraient rapides

« Et qui pourront sans moi briller sur mon [tombeau].

« Mon passé, rêve d'or, avait été trop beau,

« Il ne pouvait durer. O toi qui m'as fait naître,

« Tu poussas le dédain jusqu'à me méconnaître,

« Et pourtant j'ai des traits qui ressemblent aux [tiens]!...

« Pourquoi tressailles-tu ?... c'est de toi que je tiens

« La vigueur de mon bras, un cœur brûlant qui [t'aime] ;

« Je ne suis pas ton fils, mais un autre toi-même ;

« Tu m'as donné ton âme, en me donnant le jour,

« Et tout nous est commun : peine, plaisir, amour.

« Mon âme à moi, bâtard, est pure d'infamie,

« Mon père, et, comme toi, je hais la tyrannie.

« Mais ce poids, dont bientôt on va me décharger,

« Ma vie, oh ! c'est bien peu ; de ce don passager

« Je fais le même cas que toi, quand la mêlée

« Nous entourait tous deux, bruyante, échevelée,

« Et quand, à nos coursiers abandonnant le mors,

« Nous volions côte à côte et nous foulions les morts.

« Mais mon passé n'est plus, et bientôt l'avenir

« Dans l'éternité vaste avec lui va s'unir.

« Azo, tu m'as ravi ma douce fiancée ;

« Tu couvris de mépris ma mère délaissée ;

« Si tu n'étais mon père, oh ! je te maudirais !....

« Vîte, allons, le supplice a pour moi des attraits ;

« Qu'il soit dur, il sera mon trop juste salaire

« Et je l'approuverai, même venant d'un père.

« Moi, le fruit criminel d'un malheureux amour,

« Comme je l'ai reçu, je vais perdre le jour,

« Et, né dans le péché, mourir comme un infâme !..

« De ton fils et de toi le crime a noirci l'âme ;

« Le fils, comme le père, un moment a failli.

« Aussi, voilà pourquoi ton cœur a tressailli ;

« Tu te punis toi-même en dictant ma sentence.

« Aux faibles yeux de ceux qu'éblouit ta puissance,

« Peut-être que mon crime est plus grand que le
(tien) ;

« Que Dieu nous juge donc, car l'homme ne sait rien. »

XIV.

Alors Hugo se tut, puis agita ses chaînes.
A ce triste fracas, tous les fiers capitaines
Rangés silencieux autour de leur Seigneur,
Tremblaient d'un long frisson qui leur glaçait le cœur.
Et puis, tous contemplaient cette beauté fatale,
Cette Parisina qui baissait son front pâle
Et qui pleurait. Hélas ! pouvait-elle autrement

Entendre condamner son malheureux amant ?
Un cercle blanc voilait sa prunelle azurée ;
Elle était là, tremblante, immobile, égarée,
Les yeux fixes, vitreux, comme ceux d'un mourant.
Parfois de sa paupière (ô spectacle navrant)
Quelques pleurs amassés lentement, pleurs étranges,
Venaient en scintillant mouiller les noires franges :
Elle voulait parler, mais le son imparfait
Dans sa gorge enflammée à l'instamt s'arrêtait.
Elle essaya deux fois : deux fois sur l'assistance
Elle laissa tomber un long cri de souffrance,
Un cri du fond du cœur sortant avec effort,
Et puis elle tomba, comme tombe un corps mort.
Oh ! ce n'est point ainsi que succombe une femme
Qui vend à la luxure et sa chair et son âme,
Et qui, roseau chétif qu'un vent de peine abat,
Tremblante, au désespoir se livre sans combat
Dans sa vaste douleur son âme était noyée ;
Parisina tombait, sous son fardeau ployée.
Elle n'était point morte, elle reprit ses sens...

Mais tant d'émotions, tant de chagrins puissants
L'avaient en peu d'instants trop fortement frappée.
Tel, d'une corde d'arc que la pluie a trempée,
Ne vole qu'au hasard quelque trait sans vigueur,
Telle, de son cerveau troublé par la douleur,
De moment en moment, ne sortait qu'avec peine
Quelque pensée étrange, insensée, incertaine,
Hélas ! elle était folle... et déjà le passé
S'était de son esprit tout-à-fait effacé ;
L'avenir lui semblait d'effrayantes ténèbres
Qu'illuminaient parfois quelques clartés funèbres,
Comme ces feux du ciel qui sifflant dans les airs
Tombent étincelants sur les sentiers déserts.
De honte devant elle elle voit un abîme ;
Malgré son épouvante, elle comprend qu'un crime
Lui pèse sur le cœur, lourd et triste fardeau ;
Ile sait qu'une tête est promise au bourreau ;
Que, pour laver la faute, il faut que du sang coule ;
Que quelqu'un doit mourir en spectacle à la foule.
Mais qui donc ?.. pauvre folle !.. elle ne le sait plus !

Elle ne voit plus rien, tout lui semble confus.
Est-elle encor sur terre , est elle encor vivante ?
Cette foule de grands dont l'aspect l'épouvante,
N'est-ce pas un essaim de démons frémissants
Qui viennent lui lancer des regards menaçants ?
Sombre chaos d'espoir, de craintes insensées,
Son esprit ne conçoit que de vagues pensées :
On la voit tour à tour rire aux éclats, pleurer ,
Délire, songe affreux qui doit toujours durer !...

XV.

Les cloches du couvent dans la tour se balancent.
Entendez-vous ces chants qui dans les airs s'élancent,
Portant au cœur de tous la terreur et le deuil.
Prières des mourants, tristes chants du cercueil !
Du bût de son voyage un homme se rapproche.
C'est pour lui que ce chant s'élève et que la cloche
Se plaint et dans la tour chante son chant de mort.
Une âme, dans une heure aura pris son essor.

Aux pieds d'un prêtre saint, les deux genoux en
[terre],
Hugo baisse la tête et fait une prière.
Près de lui(chose triste et lamentable à voir)
Apparaît le billot, recouvert d'un drap noir ;
Puis les soldats émus, la hache étincelante,
Le cercueil attendant sa dépouille sanglante,
Le bourreau, sombre acteur à ce drame venu,
Pour que le coup soit sûr, mettant ses bras à nu,
Et la foule à l'entour se rassemble, muette,
Pour voir mourir un fils que son père rejette.

XVI.

Oh ! la nature est belle au coucher du soleil !
De mille rayons d'or le magique appareil,
Moqueur, semble sourire au drame qui s'apprête.
Le repentir au cœur, Hugo baisse la tête,
Sous la main qui pardonne humblement prosterné,

19

Et sur son front pensif, sur son front condamné,
A travers les vitraux des fenêtres gothiques,
Quelques rayons du soir, tombant mélancoliqnes,
Dans les cheveux bouclés qui couvrent son cou nu
Jettent de temps en temps un reflet inconnu ;
Mais brillent plus encor sur la hache fatale
D'où sort, pour leur répondre, un feu lugubre et
                                        [pâle].
Oh ! que l'heure suprême est triste pour le cœur !
Oh ! qu'elle a d'épouvante ! oh ! qu'elle a de terreur !
L'homme au cœur le plus dur et se trouble et fris-
                                        [sonne],
Quand, devant le billot, il attend qu'elle sonne.
Le crime est odieux ; l'arrêt, juste ; et pourtant
Tout condamné frémit à son dernier instant.

XVII.

Il vient de terminer sa dernière prière,
L'amant audacieux, le fils traître à son père.

Ses jours sont arrivés à leurs derniers instants ;

Le rosaire a tourné sous ses doigts pénitents,

Et le prêtre a, d'un mot, effacé sa souillure.

Il est prêt à mourir : sa brune chevelure

Va tomber à l'instant sous le fatal ciseau !

C'est fait... Le condamné quitte alors son manteau ;

Il quitte, en même temps, son écharpe charmante

Que lui broda jadis sa malheureuse amante,

Présent qu'il ne peut emporter au cercueil.

On lui donne un bandeau qu'il jette avec orgueil ;

Une vive rougeur colore son visage ;

Son sentiment d'honneur, sa fierté, son courage,

Jusque-là comprimés sous un profond dédain,

A ce dernier affront, se réveillent soudain ;

« De voir venir la mort suis-je donc incapable ?

« Non, non, bourreau, dit-il, à toi mon sang cou-
                                                    [pable].

« Comme un honteux bandit si je meurs garotté,

« Je veux du moins mourir, les yeux en liberté.

« Frappe !... » L'acier reluit, s'abat.... la tête roule

Et bondit sur le sol qui boit le sang qui coule ;
Le corps tout béant tombe et roule palpitant ;
Les membres foudroyés frémissent un instant ;
L'œil vitreux et voilé roule dans son orbite ;
La bouche convulsive et mourante s'agite ,
Puis se serre !..... Il est mort... ainsi que doit mourir
Tout homme au noble cœur qu'un crime a pu flétrir :
Il est mort repentant, il a fait sa prière ; ,
Humble, il s'est prosterné, les deux genoux en terre ;
En face de la mort, il n'a pas repoussé
De la religion le secours empressé ;
Il implora de Dieu la clémence suprême.
Ni son père en courroux, ni son amante même,
Rien ne put l'émouvoir, il ne pensait qu'au ciel ;
Il ne prononça pas de ces mots pleins de fiel
Qu'au pied de l'échafaud hurle un pécheur infâme,
Pas un mot qui ne fût un élan de son âme,
Sauf ceux qu'il prononça, quand, ferme et fier encor,
Il réclama le droit de voir venir la mort
En jetant le bandeau prêt à voiler sa vue ,
Seuls adieux qu'il faisait à la foule éperdue.

XVIII.

Comme ce corps sanglant où la mort a passé,
Chacun était muet, immobile et glacé.
Mais un frisson courut dans l'assemblée entière,
Quand, tombant sur Hugo, la hache meurtrière
Brisa tout à la fois sa vie et son amour.
Autour de l'échafaud courut un long bruit sourd.
Chacun des assistants ne pouvait qu'avec peine
Etouffer les sanglots dont sa voix était pleine ;
Mais on n'entendit pas un seul cri, pas un mot
Qui répondît au fer tombant sur le billot ;
Pas un cri, sauf un seul,... clameur désespérée,
Comme doit en pousser une mère égarée
Qui voit un coup soudain lui ravir pour toujours
Le fruit, le tendre fruit de ses chastes amours.
Au milieu d'un profond et lugubre silence,
Qu'elle est cette clameur qui dans les airs s'élance,
Insensée et pareille aux tristes hurlements

Que pousse une âme en proie aux éternels tour-
[ments]?
C'est du palais d'Azo que tous ces longs cris sortent.
Vers le balcon doré tous les regards se portent ;
Tous écoutent, tremblants et le cœur oppressé,
Mais on n'aperçoit rien et les cris ont cessé.
Quel était donc ce cri? c'était un cri de femme,
Un cri de désespoir sorti du fond d'une âme,
Et la foule, à ce cri d'un accent singulier,
Souhaita par pitié que ce fût le dernier.

XIX.

Hugo n'est plus.... mais elle, après ce jour funeste,
On ne l'a pas revue au sein du palais d'Este,
Et, comme si jamais elle n'eût existé,
De tous les entretiens son nom fut rejeté,
Comme ces mots honteux qu'interdit la décence.
Jamais Azo plongé dans sa douleur immense
Ne dit un mot de ceux qu'il avait tant aimés ;

Nul tombeau ne couvrit leurs corps inanimés ;
Pour eux pas de prière, hélas ! pas une plainte !...
Ils ne dormirent pas dans une terre sainte
(Quant au chevalier mort on en est bien certain,
Mais de Parisina le malheureux destin
Resta toujours caché sous d'épaisses ténèbres,
Comme les os d'un mort sous les planches funèbres.)
Pour punir et briser ses coupables amours
Le fer ou le poison mit-il fin à ses jours ?
Alla-t-elle en pleurant dans un lieu solitaire
S'ensevelir vivante au fond d'un monastere.
Et, par les oraisons, les vêtements de deuil,
Les nuits qu'il faut passer sans pouvoir fermer l'œil,
Par sa couche, de pleurs tous les matins trempée,
Se frayer vers le ciel une route escarpée ?
Ou bien, quand sur le front du malheureux amant
La hache du bourreau retomba lourdement,
Le ciel lui réservant de moins longues souffrances,
Mit-il fin d'un seul coup à leurs deux existences ?
Nul n'a pu le savoir, on ne le saura pas.

Mais quelque ténébreux qu'ait été son trépas,
Comme doit commencer la pauvre vie humaine,
La sienne, on le sait bien, s'éteignit.... dans la
[peine]!...

XX.

Au front d'une autre femme Azo mit son bandeau,
Il eut d'autres enfants, mais nul vaillant et beau
Comme l'autre endormi dans une tombe noire.
Lorsque dans un combat ils se couvraient de gloire,
Il n'accordait jamais à leur noble valeur
Qu'un regard froid, distrait, qu'un soupir de dou-
[leur].
Malheureux père, en proie à des tourments sans
[borne],
Azo, depuis ce temps, fut toujours sombre et morne,
Et, comme si d'aspect son front n'eût pu changer,
Jamais on n'y vit luire un sourire léger :
Jamais on ne vit plus ses yeux de pleurs humides ;

Sur son front imposant apparurent des rides,

Sillons que le chagrin, soc brûlant, douloureux,

Vient tracer, avant l'âge, au front des malheureux.

Blessures qu'on reçoit dans les combats de l'âme.

Son esprit était mort à la louange, au blâme ;

Le plaisir, le chagrin, le remords, le bonheur,

Rien ne le toucha plus, rien n'eut place en son cœur.

Pour lui rien ici-bas que des nuits d'insomnie,

Des rêves comme en fait un homme à l'agonie,

Des jours tristes, un cœur qui cherchait à mourir,

Ne pouvant oublier, ne voulant pas fléchir,

Un cœur livré sans cesse à d'étranges pensées,

Tout plein d'émotions brûlantes, insensées,

Lors même qu'en son calme il semblait endormi.

Le froid ne peut durcir un fleuve qu'à demi ;

L'onde coule toujours sous l'épaisse surface.

Ainsi le cœur d'Azo, sous sa couche de glace,

Etait plein de chagrins, de cuisantes douleurs

Qu'il ne pouvait chasser, comme il chassait les pleurs ;

Car dans le fond du cœur le ciel, en traits de flamme,
Grave le nom d'un fils et le nom d'une femme.
Quand pour vaincre nos pleurs nous faisons un effort,
Ce torrent arrêté n'en devient que plus fort ;
Bien loin de se tarir, il retourne, rapide,
A son lit plus profond, à sa source limpide ;
Pour jamais il y reste, inaperçu, caché,
Quoique nul ne le voie, il n'est pas desséché,
Et quand on le croit calme, il bouillonne sans cesse.
Ne pouvant étouffer son ancienne tendresse,
Ne pouvant dissiper le morne isolement
Qui pour lui devait être un éternel tourment,
N'espérant plus qu'aux cieux le Seigneur les ras-
[semble]
Pour revivre en s'aimant, pour être heureux en-
[semble],
Triste, sombre et pourtant sûr de n'avoir porté
Qu'un arrêt que la faute avait bien mérité,
Sûr que les condamnés avaient seuls, par leur crime,
De malheur et de mort entr'ouvert cet abîme,

Azo n'en eut pas moins des jours tristes, flétris.

Quand d'un tronc vigoureux les rameaux sont
[pourris],

On peut, en les coupant, rendre à l'arbre sa force ;

La sève peut encor circuler sous l'écorce ;

Les feuilles reverdir dans toute leur fraîcheur ;

Mais, quand du haut des cieux le tonnerre en fureur

Tombe, et, pour signaler son terrible passage,

Fracasse les rameaux et brûle le feuillage,

Sur le tronc, noir débris, resté debout encor,

Nul bourgeon désormais ne poindra... tout est
[mort]!...

FIN.

TABLE DES MATIÈRES.

—